作者简介

樊忠慰，1968年生于云南盐津县兴隆乡，中国作协会员，创作诗歌2300余首，在《诗刊》《人民文学》《十月》《人民日报》《大家》《中华文学选刊》《诗选刊》《星星诗刊》《诗歌报》《诗歌月刊》《作品》《滇池》《边疆文学》《长江文艺》《朔方》《扬子江诗刊》《诗潮》等报刊发诗数百首，参加诗刊社第14届青春诗会，出版诗集《绿太阳》《精神病日记》《家园》《雏鸟》《渴死的水》《冥想与咏叹》，有诗被央视百家讲坛和云南电视台录播，并被译成英文、俄文、德文，有诗入选中学校本教材、大学语文教学及各种选本，曾获鲁迅文学奖诗歌奖提名，云南文艺基金奖，云南文化精品工程入选奖，2013年滇版十大好书榜，《诗刊》提名奖，《边疆文学》奖，《云南日报》文学奖，高黎贡文学节主席奖，王中文化奖等。

虚名与诗

【樊忠慰◎著】

云南出版集团
云南人民出版社

图书在版编目（CIP）数据

虚名与诗 / 樊忠慰著. -- 昆明 ：云南人民出版社，2019.7

ISBN 978-7-222-18418-3

Ⅰ. ①虚… Ⅱ. ①樊… Ⅲ. ①诗集—中国—当代
Ⅳ. ①I227

中国版本图书馆CIP数据核字(2019)第115799号

责任编辑：苏映华　徐　霞
内页设计：乐　乐
封面设计：杨晓东
责任校对：卢梓颖
责任印制：窦雪松

XUMING YU SHI
虚名与诗
樊忠慰　著

出　版　云南出版集团　云南人民出版社
发　行　云南人民出版社
社　址　昆明市环城西路609号
邮　编　650034
网　址　www.ynpph.com.cn
E-mail　ynrms@sina.com
开　本　889mm×1194mm　1/32
印　张　9.375
字　数　60千
版　次　2019年7月第1版第1次印刷
印　刷　昆明凡影图文艺术有限公司
书　号　ISBN 978-7-222-18418-3
定　价　49.00元

如需购买图书、反馈意见，请与我社联系
总编室：0871-64109126　发行部：0871-64108507　审校部：0871-64164626　印制部：0871-64191534

云南人民出版社微信公众号

目　录

黄河谣

天下黄河九十九道弯
一弯弯的桨　一弯弯的帆
一弯弯的波浪　把船儿搬

天下黄河九十九道弯
一弯弯的羊皮　一弯弯的水急
一弯弯的草绿　一弯弯的花儿鲜

天下黄河九十九道弯
一弯弯的酒　一弯弯的烟
一弯弯的火　一弯弯的小米饭

天下黄河九十九道弯
一弯弯的歌　一弯弯的曲
一弯弯的呵欠　一弯弯的老烟杆

天下黄河九十九道弯
一弯弯嫩月牙　一弯弯煮星汉

一弯弯的黑夜　一弯弯摸出大红蛋

天下黄河九十九道弯

一弯弯的汗　一弯弯的泪

一弯弯的血　打湿一弯弯光脚板

天下黄河九十九道弯

一弯弯的情　一弯弯的爱

一弯弯的膝　跪下一弯弯祖先的天

六行字

勤劳的人　汗水腥香
懒惰的鬼　幽灵透亮

我从金黄的谷穗
看见磷火的冷寂与时光

满天落霞的碎片
灼痛青草的骨茎　飞鸟的衣裳

做一个诗人多好

稻田不见了
谷物在哪里生长

蝌蚪不见了
青蛙在哪里鸣叫

夜晚不见了
梦也睡在白天的床上

太阳不见了
闭眼看见遥远的星光

信仰不见了
金钱会堕落　海会偏航

当世道崇尚阴谋与仇恨

罪恶的刀戈污染爱的血浆

有一天你会什么也不能写
趁着不算太老　何不多写

做一个诗人多好
有想象与情感　装满善良的心房

自然情话

没有新娘和爱欲
一粒沙焚烧另一粒沙

没有新郎和柔情
一滴水渴死另一滴水

夜的长舌　卷起星空　草地与山冈
昼的火把　升起湖泊　炊烟与毡房

天大地大　不如心里的秤砣大
岩高山高　不如树梢的月亮高

花与果都在树上

一件衣服和另一件衣服
挂上竹竿　在风中打架

一条内裤和另一条内裤
遮住日月和昼夜的羞

一块石头和另一块石头
碰响野狗和雷电的怒吼

一线河流汇入另一线河流
弯曲的天空　峰峦涌动

唢呐绽放或凋零
新郎是谁　谁要出嫁

女性可能贞洁　也可能下流
与男性一样　花与果都在树上

落日与海

落日　这滴天空累不死的汗
变成血　灼痛红尘的悲喜

大海　这颗捎着地球飞翔的泪
浓缩蔚蓝　伤心的自由　母乳的汁液

暖

人活着吃土
千山万水　也在泥土上行走

死了　种进泥土
还会像玉米一样长出来

温暖的家　升起炊烟
茅草有白露刺痛的鸣虫

只把易朽的骨头　揣给爱人的心痛
人终会遗忘自己　像浮云随风而逝

粗 碗

幻听的病　妨碍我与人交往
愈加返照孤独与内心

从岩石挖不出金子
或许可点亮一盏灯

乌鸦嘴里没象牙
咀嚼着山地的黄昏

从河流难觅大神
摸到鱼虾的皱纹　水草的根

食盐　酸醋与味精
想与粗碗里的面条结个亲

坟墓不种骨灰　刀剑不饮血腥
诗歌的火苗　能否照你走永生

流 传

有人不写　把自己吹成文豪
似乎要做文联主席

不理睬臭虫与苍蝇
担心跌痛草尖的露水

黄金的马　跑得最快
白银的驴　累得淌汗

炊烟下　毡房里
温暖的刀血与火塘

羊圈边　小溪旁
吠叫的猎犬　与星空的泪花

蝴蝶大过发情的晚霞
鸟儿挂树上　果实找到家

所谓不朽　风在世间流传
所谓爱情　不过男女的繁衍

奔 跑

一块岩石僵硬　在静止地奔跑
一条河流起舞　在波浪里奔跑

一个人奔跑　身体里的老虎奔跑
晚霞剥下的虎皮奔跑

一只血红的枪口奔跑　落日奔跑
挂上虎皮的森林咆哮　天空奔跑

九十九朵玫瑰奔跑　玫瑰的香气奔跑
伤口的痛在爱恨里奔跑　刀尖的夜在月光下奔跑

长路

渴死的岩石　围堵一座寒冷的湖泊
饿死的春天　吐出遍野花草的遗言

大地旋转　生死轮回
海水里埋伏盐巴的鱼　蔚蓝的灯盏

亲切的自然　有多少草木与禽兽
无边的星空　有多少爱恨与恩怨

黑暗在眼里　黑暗在指尖
喷血的红日　腥香的霞光点染人间

咳嗽

我深受二十多年幻听之苦
难免生命的病态与悲哀

换他人　或许已找到死亡的归宿
哪能有意志与定力孕生诗篇

各走各的路子　创作才有个性
浮夸的导师　挤眨小丑的眉眼

愚者自认聪明　笨上加笨
智者养心生活　如水平淡

晨露是青草的奶　喂着羔羊的嘴
星光是夜空的洞　漏下绿玉米的汗

刀锋不必偏执
偏执会制造更大的血腥与疼痛

流云不必自负

山峰也如海浪　谦卑在远天的低处

人生如幻

绝望与希望　一双手的两个手套
欢乐与痛苦　一条路的两个足印

男女恋慕　鸟的果实掠过树的流水
云彩吻波浪　风数不清海的年龄

灯灭会重燃　花谢如幻觉
爱恨无言　昼夜更替

没有婚配　情欲在期待中老去
没有死亡　肉身朽坏　灵魂永在

顽石悟语

这些人物　所谓人物
不过百年人心作祟的虚荣

有人名就叫名人　小小寰球即为世界
自欺欺人的艺术家　有家无艺术

神仙不吃饭　也不管凡间爱恋
夜空爱饮酒　醉了泉眼和星斗

枪口瞄准的羽毛
飘谢落霞与伤疤

雄鹰折断的翅膀
巢居冰峰或岩石

自由　心灵的马蹄奔草原
悲壮　天空的羔羊饮血泊

白昼　有一块博爱的红饼
咀嚼眼睛的香甜　涌动蔚蓝的光亮

活 着

一切艺术都有瑕疵　诗歌尤甚
创造力求完美　注定无法抵达

天地悬日月　红尘有生死
自由的神思　灵感的星辰

时间短促　空间也不永恒
白银的爱恨　变幻恩怨的黄金

蠢货与恶棍何其众多
远人近诗　春秋也孤洁

血管挣扎的火　血液疼痛的灰
数条线的河流　穿过一颗寂寞的针

清 明

在母亲遗像前放上桃李
供奉追忆和哀思

逝去的灵　会刮风复活
在坟墓的草　天国的殿堂

情诗

把人生看作悲剧
也要在囚笼里唱歌

把人生视作痛苦
偏要戴镣铐起舞

把人生当成石头
磨刀断水水更愁

把人生比作诗句的美酒
醒醉沉迷了额头

把人生融入冰的爱情
爱的灰烬并非火的悔恨

想看你的身体和心灵
想听你的口琴和乐音

我想抱住你

像风抱紧树叶和彩云

神灵经过人间

河流的血管　挤着盐巴和水草
天空的羽翅　飞动星光与鸟群

奔腾的山峦　打着皱纹的鼾声
冒烟的枪口　装着睡眠的黑暗

绿叶的鱼虾　挂在森林的海滩
船在哪里　网在哪里　指南针在哪里

蝼蚁的人群　踩动金发的地球
春风爱蝴蝶的笑　秋穗淌苦累的汗

一道北极光闪过蔚蓝的冰峰
走在回天堂的路上　神灵经过人间

果 实

少女在爱的田野　散发青草的芳泽
处男在烛光的夜晚　遐想婚床的笑意

许是太尊重女性　至今无后
许是太欣赏春花　湿润有玉

别为父亲的挑剔生气
奥巴马做他儿子　也不满意

追星族与马云的挂像合影
这是财富与人格的撞墙魅力

世人多如尘埃或蝼蚁
洞穴的汗珠　汇成针眼的海水

星光吹熄树上的落日
我摘下黑夜香甜的果实

春天的吟诵

春天来了　草根倔强
树叶吹绿露水与阳光

热爱诗歌　心灵鲜活
蝴蝶泉　舞池飞旋

喜欢小孩真的笑
童话哭也不假

强调精神生活
穷人卑微如高贵的富豪

人品逊色的人　轻易贬损他人
自圣为道德化身　有谁信从

造神的谎言　泛滥真理
领袖或为政党的玩偶

人生无非过当下生活
谁能管着后世先辈

在春天读书　写诗
笔下的蛙鸣　也让星天颤抖

问 答

有春天吗　问九朵鲜花
不如问一群蜜蜂

有爱情吗　问七个蘑菇
不如问湖边小屋

有灯烛吗　问五团黑暗
不如问一双明眸

有歌嗓吗　问三只神鹰
不如问一阵狂风

有私语吗　问一群蚂蚁
不如问穴居的云朵

有诗句吗　问一个诗人
不如问善良的生活

有不朽吗　问哑巴的石头
不如问枯竭的河流

有永恒吗　问衰败的宫殿
不如问冰雪的魂魄

有灵感吗　问跑丢的脚印
不如问诗人的骨灰

有死亡吗　问佛的轮回
不如问天堂的门锁

虚名与诗

一些人离奇地恭维我
仿佛我是气球　吃几口空气就不饿

虚名如无奈的浮云
高调的雨水　低调如河流

诗歌　一种残酷的精神生活
在自囚的文字里　与灵感的豺狼共舞

情 怀

偷拍的人　有贼的委琐
从无限时空看人　人算什么

不写作的作家　自觉影响许多人
多半虚荣的自嘲　滑稽的笑料

鱼太好吃　舍不得吞下喉咙里的刺
茶真好喝　我饮醉两只泉眼

东半球昼　西半球夜
无论昼夜　这个星球都有人做爱

太阳像淌血的伤口　月亮像杀人的弯刀
在光芒里活着或死去　有痛无恨

人的最终皈依　应是宗教或艺术
而非磷火的荧光　死亡的坟场

抱 歉

抱歉　我没恋爱
给床单省下一朵玫瑰

抱歉　我没结婚
给人类省下未知的后代

抱歉　我没洗澡
给生活省下汗水的肉体

抱歉　我没写诗
给朗诵的舌头省下遗言的骨灰

抱歉　我没饮醉
给酒桌省下一堆空瓶

抱歉　我没唱歌
给社会省下污染的噪音

抱歉　我没刀枪

给世界省下血腥与仇恨

抱歉　我没疯死

给上帝省下病魔与幽灵

抱歉　我没罪恶

给天堂省下白鸽与诋毁

拐 杖

对生活不要挑剔

有爱情就够了

对婚姻不要挑剔

有忠贞就够了

爱情的生活　忠贞的婚姻

多少人的奢望与嫉恨

男和女　性与孤独

仿佛两根拐杖走到一起

透明的蛙

透明的蛙　并非新物种
污染导致的基因变异

自然脏了　谁把它洗净
人心坏了　谁为它去毒

这颗星球活着　没有负罪感
江河的皮鞭　抽痛旋转的血泪

我们活着　像野兽与邪灵
把贪婪变成头顶的天穹

灵肉的锁链

你可以说大话
过多的说　会让人哆嗦而汗颜

你可以厌世
别把绝望强加给我的病变

你可以让春风熄灭　变成冰碴
别独占花香的冷艳

你可以搬动草原　让马群涌现
别嘲笑羊皮筏上的青蛙与少年

你可以让酒醉死黑夜的河流
别让星辰的脚窝　踩熄鸡冠喷射的火焰

你可以读懂自己的心灵
别去窃听他人的思维与从前

你可以什么也不要

记住笔下的草根　世态与河山

你可以什么都要

别分裂自己　一个我给无数我套上锁链

世 态

穷人可以为星空欢呼
富翁不必对银行哭泣

河流里淌着金片的阳光
和比阳光珍贵的岁月

人不比一棵树高贵
也不比几片乌云低

主角配角都是戏
戏里戏外无非人生

骑驴的人在看唱本
瞎眼的狗在点油灯

新婚的水珠与火种
焚化了血肉　浸染着爱欲

话

与其夸夸其谈地讲
不如一笔一画地写

汉字走过的路
比你的一生漫长

唾沫飞溅的舌
把真理翻动为谎言

哑巴是金黄的稻谷
低头写下秋天

鲜血锤打心脏
天空的闪电　撕碎蔚蓝的颜色

大地翻动纸张　春秋变幻
落日的镜片里　村舍化作黑夜的灰烟

暗想

峡谷散发诋毁与流言
女氓把自己视作上天

河流与岩石　充溢骗局
水骗鱼　刀骗血　波浪骗空气

这世上多我看重的俗物
其实更该看重我和我

一个诗人在自尽的炸药里留言
永别了红尘　我让天堂喝稀饭

血变成火把　骨灰烧作星天
死亡变成神话与云烟

真水无香　所有的我
以文字表现心灵与品格

倘财富丰足　人口精少
这颗星球的终极追求许会提前来到

没有压迫与剥削　拥有尊严与美好
每个人的头发　卷起天堂的思想与黑暗

石 碑

道路会记住多少脚印
也会被抹去故事与伤痕

草丛会悦纳几双破鞋
星光也会枯竭如虫鸣

铁蹄与屠刀在奔腾
沐浴草野和血泪的气息

石碑无言　黄金哭泣
烫手的文字　皮肉与时间的共鸣

白鸽飞过天空　留下枪伤与弹孔
虚无的蔚蓝　短暂的大海会永恒

人之思

出身寒微　而不卑贱
降生豪门　石狮也咬人与风景

诗歌许是我半疯的证词
许能证明　我比疯人还狂痴

“情绪不稳　有圣愚之相”
邪灵的力量太强大　惊扰我的灵魂

才子佳人的风流逸闻
如氧呼吸　街坊的集体意淫

孤单的诗人　心灵孤寂
冷清的诗句　像数根火柴　温暖几个知己

天上的星亮了　神的眼也明
地上的蝼蚁与尘灰　天国吸纳着万物的灵魂

六 行

身体里的海　涌动落日
黑夜飘起长发　走动白鸽的足趾

四条腿的板凳　跑不回森林
被吃掉的烤鱼　肚子里游泳

虚名若酒　有人在豪饮
看见几滴酒星的我　半醉半醒

疑惑

谁说书生百无一用
书生自有书生的用

坏蛋会露一个马脚
欺负你总有理由和借口

天下哪有万能的事物
神灵形同虚构的天国

子孙多如河沙　谁来养活
地球一个　太多的嘴巴饥饿

爱情甜如浓酒
醉过的人　舌尖有蜂蜜的痛

苦涩的光棍　蓄发的和尚
谁说人品有问题　岂非钞票有贫穷

汗

天太热　峡谷里全是汗人

水和石头都在淌汗

树在淌汗　鸟鸣如泉

草在淌汗　绿成飞毯

鱼在淌汗　游不上岸

星在喊累　跑到了天边

我要像一只小猫

抓住空气里躲藏的汗

树皮

远方焦灼的沙漠　昨夜喧嚣的洪水
归于明天草木的荒凉　自然的沉寂

狂妄的人太多　叩打文字的门帘
庆幸自己揣着一颗谦卑心

峡谷的石子口气硬
仿佛群山吹嘘的风中巨人

治国理政　好制度胜过大救星
制度务虚　不过敲几面牛皮

艺术创造要静心专注　个性飞扬
更要造化入神　让时间喊疼

几棵草根挽手　寻觅春的影踪
一滴露水浓缩　湖泊的遗言

刀尖奔逃的羊群与森林

仿佛倒下的血浆与树皮

蘑菇撑开伞叶童话

聆听阳光的欢歌　虫鸣的细语

世 俗

信仰有误　人性太假
热衷拜佛像　信基督的人群
谁有菩萨的仁慈心肠
耶稣的牺牲精神
又会被嘲笑为愚痴或傻瓜

杂说

哲学或艺术　无论深刻或美化
无非为了人生的幸福　大地上种草花

有人夸我伟大的诗人　我回敬他伟大的人
有人无诗　有诗无人　世俗赞语有蜜蜂的刺

长相丑　少照镜子　镜子会害羞
长相美　沉迷镜子　让人自恋的笑柄

没有性　像一棵吃素的树走了半生
没有爱　像一块冷血的顽石内心熄灯

没结过婚的我　结过婚的不娶
没患过分裂症的你　精神病的不嫁

没有战争　将士有何用
没有读者　诗歌为何存

天国或彼岸　终极有共产

宗教或政治　治疗人心与世道的药品

活着多么漫长又短暂

生死间有爱的人　不结罂粟的果　开幽香的菊

死去多么短暂又漫长

幽灵复活　以枯骨的磷火照明　骨灰吹熄黑暗的星辰

有所思

太想做主子的人　难免奴性
把自己当文豪的凡俗　骨子有疯病

神启的先知 播种仁慈与良善
足下有荆棘　掌上有经卷

酥油点亮轮回的灯盏
神鹰啄食冰峰的雪莲

藏刀抽出时光的锈迹
青稞饮醉白酒的火焰

这颗星球这间房　住有鬼神与魔兽
各有各的能量与生活　各有各的苦痛与命运

羽毛在枪口熄灭　血染红眼睛
子弹无辜　手指扣动扳机的仇恨

海叹息　一切都是遗憾的生死
天湛蓝　泥土翻卷自由的种子

把人间搬到天上　或让天国降生人间
这需要爱　爱所有的信仰　血缘　种族和风幡

沉溺

谁说诗坛一定要喧嚣
诗人像安静的星　诗歌像纯净的露

和尚的头　敲响木鱼的偈语
寺庙藏着经卷和油灯

花猫说爱你　妙妙妙
黑狗说想你　汪汪汪

热爱写作的人　不会亵渎汉字
灵感与汗水　汇成心血的河流

司马迁不仅记录神话与历史
也记录一个男人极限的荣与耻

无力拒绝病的苦　诗的幻
宁愿沉溺无欲无求的生活

误解与诋毁　如长舌泛滥
生锈的刀　磨得石头唾沫飞溅

干净站立的人　终归如草匍匐
骨头腐烂如尘　不朽如精灵

含 泪

流血未必高贵
舞刀未必勇敢

大海啸叫
船帆如树叶翻卷

惊慌的云朵
逃得高远

愚蠢的沙漠
数不清沙粒

驼队与胃袋
使水饥寒

荒漠渴死海浪
月亮挤出星光的泉眼

大地虚空

布满黑夜的草场

牛羊磨快嘴唇

天空迷失霞彩

两条腿的人

跑出智慧与文明

四只腿的兽

踏响无知与野蛮

人生像根拐杖

屠夫麻木而孤独

所有的路

泪水打湿的疼痛与呐喊

与谁说

这多年　我与幻听玩捉迷藏
我找不到它　它总能透视我

我数不清自己的心跳　它能数
当我不能再数　它也能数

天地数着春夏秋冬　日月昼夜
尘世数着生老病死　喜怒哀乐

我读了许多书　没读透一本
我记住许多诗　遗忘得太多

这些年　几溜云朵　匆匆过
病魔捆绑我　仿佛大地捆绑江河

海是匍匐的蔚蓝
把自由写给海燕　空虚写给浪波

火焰是不灭的骨血

干柴的身体　敲打老树的雀窝

而我不飞　却早已飞过

灵感的大脑　装下万物的萌动与沉默

刀

嘴长在别人头上
哪管别人怎想怎说
做好自己的事　睡好自己的觉
把自己的诗和肚子吃饱

浇灌肠胃二十多年的药片
身体都长成医院　给自己精神动手术
护士是骨肉　疾病如皮肤
医生是春天　病人如枯木

星 光

有人见到刀光就熄了
没见血　天黑下来

散文让人清醒
诗让人醉得糊涂

走诗歌的路
蝴蝶的音符像空气中的泉眼

不走散文的步
误解与嘲笑　像耳朵里的痛哭

心脏燃烧　时间也不静止
枪口的欲望　是豹皮喷火

春天如烟　玫瑰腐朽
最亮的灰尘　是星辰的闪烁

让灵感走远

人类这辆汽车　在高危路途飞奔
宗教与艺术　算缓冲地带

幻听里的刁顽无赖
写出男女　替我发表情欲

吹吧　什么都没写的文豪
如果吹牛上税　你得准备高额税金

搞文字应多一些理智与情思
少一些自是与轻狂

文字本身在说话
贬损或褒奖　无法使我耻辱或尊严

一切都好办
让喇叭的嘴变哑

我能去哪里

让诗歌的灵感走远

流 浪

野心的花　想占有春天
风吹过草丛　孕育我的孤单

婚床的露　滴下相思
星光的烛　点亮黑暗

鸟飞　天空是悲剧
叶凋　大树的子弹

毡房像衣服升起炊烟
羊蹄像草根绿满荒原

牧鞭是会飞的彩虹
马头是大汗的王冠

饮血的刀　打着瞌睡
滚动的落日　吞下峰峦的呐喊

大地做梦　星星闭眼

歌手唱出蔚蓝的月亮　挂上海的夜晚

光阴逃遁　就像爱情的酒

饮下空洞的酒瓶　我已如蝶枯干

价 值

生活里常有人自称名人之后
也许假　也许真　也许半假半真

名人之后　既不能窃取祖先的荣耀
也不能获取当下的认同　偶尔还会授人笑柄

血缘纽带联系的亲人　你认识多少
每个人都是藤上的甜瓜或苦果

勿与醒人谈梦　痴人谈诗
勿与沉溺现实的人谈天国

勿愧先辈前贤　勿问时间老人
努力完成人生与自我

时间回答

庸俗的民众　不关心诗句
只好奇诗人的不幸与疾病

超常的虚构与编造
没做作家真可惜

势利之徒迷恋权力
写诗铸魂　纸人的笑柄

流言与诋毁如同粪便
在暧昧的峡谷穿行

心血像珠宝
穷人会喜欢　如同喜欢自己的玉米

孤单像虚无
一切的短暂　如同露水闪眼

我穿着内裤　小丑戴着面具
一起走在阳光的海滩

淤泥不染荷花
经卷安抚菩萨的心结

在纸上走路　不舍昼夜
永远有多远　时间回答你

星光与情话

死亡是自由的海洋
每一滴水都被喝光
每一个人都走在去天堂的路上

月光洗白兽的骨头
夜晚复活神的冰刀
受伤的雪住在高处　花朵一样绽放

黑暗的太阳　在血管里升坠
眼睛埋着黎明　头颅藏着思想
我对你的爱　闪烁蔚蓝的婚床

何况秋蝶

有以整人为乐的人
我心静如水　你心香如蕊

没找上媳妇
不是女孩不好　怕娶到石块当珠宝

煤老板有百辆豪车
难道他有一百个屁股

诅咒王冠的人　舌头就是膝盖
赞美皇后的人　帝位就是江山

大炮　打下几根鸡毛
战争吸纳英雄或暴徒的亡灵

马匹跑出草原
离不开野草与马蹄

鱼儿游上星天

怎抛下河流与夜晚

利箭射中的月轮

洒下洁白的骨灰

屠刀磨亮的头颅

绽放喷血的落日

擒住病魔与药品

让枪口愤怒　子弹乱飞

生与死　终归虚无

海与天空都会枯竭　何况秋蝶

傻子

我写诗　把做爱的精力都用上了
所以找不到女人

有的文字　老了再写
写得太早　会损己寿命

褒奖与诋毁仿佛迷魂汤
我不会在虚名里醉死

有时觉生儿育女是自寻烦恼
独身或许可终止此类纠结

有人叫我傻子傻子傻子
傻不傻关你何事

不贪恋你的聪明
不厌弃你的愚蠢

不嫉妒你高朋满座
不羡慕你发财升官

不扰乱你的儿女成亲
不暗笑你与老婆离婚

不影响你的耳朵小
不忌讳我的舌头大

流言并非终极审判
我要把属于我的诗写完

我写诗　把做爱的精力用上了
所以　女人找不到我

碎 语

姑娘再好　也就是个姑娘
孤独再坏　不过是根光棍

小伙歌喉敞亮　穿过天空的胸膛
大地辽阔无边　捧出草原和海浪

在爱情脚下　摇尾乞怜多搞笑
在文学面前　自信满满多荒唐

美好的花朵配得上青春
倒霉的疾病缠上枯藤

稻田的镜子　照见日月
飞鸟的肚子　藏着流云

多姿的舞蹈　不仅要醉影醉魂
还要醒酒醒人

少言的诗歌　不仅要信息量
还要爆发力

执着的笔杆　诱惑的血泪
一生走遍纸上春秋　浓缩情思与苦涩

南方诗人

不信鬼神　也许更唯物
但人活一世　不仅要理智
还要神性的滋养　意外的奇迹
粽子的家　住着龙舟与端午魂

天使在人间牧放梦的灵感
高处的天国　风的语言
听得懂的石头　听不懂的草
沉默或摇头　无解诗人投江命运的苦楚

诗人也有败笔　巨人也犯错误
石头的砣　游鱼的根
受人膜拜的楚辞
时间的天问　啄饮汨罗的亡灵

楚王化为白骨　空山本为尘埃
香草枯萎　美人凋零
而我在爱情之外　摸不到婚姻的门
一代代的烛光与乡愁　灌满南国的泪眼与心海

心 动

面对人生　写作是为了对抗庸俗
让心灵得到自由与解脱

忠实内心　热爱自然　专注写作
对一个诗人已足够

别以为有精神病史的人
一天到晚都在发疯

不需要喇叭的吹嘘
不羡慕亡灵才享有的赞誉

只祈愿　汗水里的文字
会发芽　长成秧苗或花蕾

火焰或光芒　勿忘燃烧
灰烟与黑夜　勿恋哭泣

一个作家写属于自己的文字
属于他人的让他人去写

个体无法替代　个性无比珍贵
不实的褒奖　让我哑口

作家的力量　体现在时间的流程
仿佛水滴石穿　精神的意念

好想爬上山坡晒阳光　穿绿草
听露的吟唱　谁稀罕白宫的冠冕

总统好累　要说英语　难拒罪
或梦或醒的美利坚　星球的战乱与硝烟

碎片

麦饭与馒头打架
在食客的胃里同归于尽

我的纸与笔吵嘴
受伤的诗　饮下污点的墨迹

写作　让愤怒的心柔软
让忧郁的灵快乐

关注现实的创作固有价值
肯定不是唯一价值

梦里捡几朵鸡㙡菌
醒来遇见梦中的洪水

有的诋毁未必有几多恶意
世俗的人管不好自己的长舌

小我的诗　并非小我
以小我写大情怀

天地万物皆入诗
体现审美与创造力

枯井的草　围满黑夜的露
井底之蛙　啄饮星光的泪

水　渴死的水
哽咽喉咙的沙与叹息

絮语

每一只羊都白发苍苍
比老人还显得沧桑

每一块石头都爬满青苔
愚顽裹紧虚度的时光

幼小的女孩对我说
她手上的树叶会开鲜花

一粒米笑了笑
洞穴里的蚂蚁驮走阳光

婚床是一盏灯烛
更是两个人的衣裳

一无所有的性赤裸
像鱼刺在体内发光

生锈的铜板

有多少车马穿过钱眼

金银的丑陋在于

买到的美女也丑陋

傻 B 们努力让自己流氓

以为自己是汉帝刘邦

我像空气一样荡漾

又像夜的鼻孔呼吸绿太阳

与神说

在诗歌寺庙念经的小和尚
我难道不像玩笑

狂徒把自己当电脑
谦卑人真实如稻草

光棍的快乐　骚货不能理解
宁愿孤独　胜过制造垃圾的女氓

百无聊赖地上网　可有可无的信息
不看重别人的态度　在乎自己的感想

空气的海水　漂来独木舟
仿佛挪亚洗涤树叶的罪

石磨的歌谣　把豆子唱成豆花
如水的肠胃　品尝圣洁的情欲与伤疤

神爱苦难的人

尊贵的权柄多么不幸

神爱天堂的泪

穷人的心灵亮着灯

春的祈祷

缺乏政治家的时代　人类危机如泣血的空气
枪弹 狼烟 阴谋　弥漫了地图上的黑夜
地球像一只疯狗　撕咬语言的种族　文明的国度

上帝是宗教信仰　抑或精神鸦片
态度决定一切　怀疑亦非罪过
爱圣洁的婴儿　也爱上帝的赤足

从前耶稣被钉上十字　而今耶稣被泼妇调戏
神不会自诩为神　魔会自大为上帝
人多么渺小　如公鸡啄食的米粒

高贵的人　卑污的人
一样的白骨或土灰
草尖的晨露何必冒充天空的红日

马年可以无马　海可以哭泣
上帝不能没有　有了上帝
一无所有的人也无所不有

祭亡母

触摸坟墓　仿佛握你的手掌
冰冷的手掌　晃动枯柴的影子
吹寒山茶　星河的霜白

坟头的乱发　风梳雨洗
摇响石头　阳光从天淌落
像你生前慈爱的目光

你离开我们已五个年头
你永远 62 岁　我却在一天天变老
偶与你相逢无言的梦境　我猜不透亡灵的心思

有时觉得你像光芒跟着我
替我打扫房间和孤单
空气的诗句　诉说尘埃的悲欢

若你从棺材复活　走回青春

重新爱上多年前的父亲

我在哪儿？能否洞悉你们真挚的恋情

母 亲

母亲走了　世界不再完美
我才知死亡的真实　像魔鬼的一声咳嗽

写给你的文字　还没烧成灰
愿你能读到怀念与叹息

时间杀人又生人　诗歌醒酒又醉月
我和幻听　肉身与邪灵

从前以母爱疗伤　光如星汉
而今以天堂取暖　幽灵点灯

上帝赐福给热爱上帝的人们
好人有善报　恶人得忏悔

母亲　我相信你和神在一起
不较人世恩怨　饮用露水星辰

神就是生养你的先辈和自然
神就是埋葬你的棺材和土地

诗的脚丫

渴的其实是水　冷的其实是火
燃烧的是河流与灰烬
我的小船是一片飘摇的枯叶

晚霞美得比蝴蝶大
比黄昏痛　比羽毛虚假
我的飞翔破碎如风沙

花瓣死了　寒星凋零
捧出的语言和嘴唇
吻不醒夜空的真相与恋情

上帝之爱大过世俗之欲
巨人不怕跪着
蝼蚁何必站起来

诗，让灵魂有归依

思想有居所　情感有表达

文字有一串朝圣的脚丫

回味

活了四十多岁　四十多岁不近女色
我杀生吃荤　偶尔读经
像个和尚　不那么虔诚

所谓追求人生幸福
与其让呼吸的肉体有个好档案
不如让情思有个干净的灵魂

唐朝以诗为马来接我
饮李白的酒壶　抚王维的古琴
别杜甫的茅屋　叹公孙大娘的剑谱

必要的谦卑　不要匍匐
眼泪站起来　摸到了星星
吃鱼的人　吐出海的刺骨

我数不清头顶的白发

如同看不见自己的高度

明镜笑我老　时光无情　让它走

虎

虎咆哮　大风吹动森林

晚霞披在身上

落日的枪口　虎逃窜

埋进天空的虎骨看见了黑暗

问

花开花谢　蝶化枯叶
春天残忍　秋天也残忍

美就是目的　黄金的汗珠轰鸣
蜜蜂泡在油菜的泪水里

泥土衰老　染上杂草的疾病
死亡如窃笑的少女

世上那么多　那么多人
是因爱而活　还是因恨而延续

哀歌

我已经老了
牙齿咬碎自己　啃不动骨头
眼睛抛弃眼泪　挂上玻璃片
皮肤荡漾着皱纹　剥不下老树皮

无爱有病的人　告别尘世
仿佛世间完美的谢幕
戏已演完　观众开始上场
神，这个高处的导演哑口无言

永别了大山包　永别了昭通洋芋
永别了油糕饵块　永别了红富士苹果
从前吃你们太多
现在被压在岩石下　该泥土吃我了

不，我要在火焰里安睡
抵达太阳的心脏，在天堂的灰烟里躲闪
灵魂飞越乌蒙山　呼吸苦荞的美酒

黑颈鹤替我守望湿土和故园

我要弹拨缪斯的琴弦
捡起它弄丢的音符　喂养幻听的耳朵
自然不知自己的美　我知道自然　还知道我
所以我有双重的觉悟　智慧与高贵

火 苗

一粒沙滚下另一粒沙
捡不起沙漠
一个人碰见另一个人
影子叩响影子的爱情

情欲的种子　身体里的神
像水花串水花　草根缠草根
萤虫的星光　一路追赶黑夜
本能的力量　繁衍了人

呓语：岩石的心

岩石的心里藏着美玉
河流枯竭　时间静止
语言沉默　文字透明

峰峦的海浪拍打远方
落日像一只着火的红船
沉没天空和盐粒

一口醉饮关河
鱼虾和水草在肚子里游泳
饥渴的沙粒断了气

树上的果实像雷鸣
你听不见的情语
彩霞脱下光芒的嫁衣

手指像弯曲的波浪
把皱纹抹在脸上

挂不住一颗泪的忧伤

绵羊在草丛与露水嬉笑
风的屠刀杀死云朵
桃林的花海　涌动蜜蜂的嗡唱

当黑发染成白发
我握不住时光的手掌
怎能抱紧花蕊里的新娘

逝者或当下

做一只鸟　在天空深处安家
树上的巢　悬着空洞的句号
让一切猎枪都变成木棒

从蛮荒洞穴走进摩天大厦
人类差不多忘了谁是自己
经历了多少禽兽时光

诗歌自有诗歌的命运
不能左右诗人的前程
诗人的写　徒劳的诱惑与沉醉

所有的泪流干　海还在
所有的人消逝　海还在
太阳不再淌血　海依然在

天空埋葬星夜　黑暗燃烧
骨灰的火苗　泪水的眼睛

拂动着体温与哀伤

坟墓，让死亡的概念变得形象

蘑菇建好房子　大树挂上耳机

草丛的蟋蟀　把逝者的星星叫亮

情思

几滴水是花朵的哭泣
一条河啃着鱼的骨头

吃草的羊是草的棺材
吃肉的人是动物的坟墓

日月是昼夜的脸颊
春秋是时间的算盘

假牙真牙同床
眼睛眼泪共枕

汗在耳边秋千
雷在天堂打滚

鸟粪化为泥尘　鸟羽融进彩云
夜空埋下翠鸟的啼鸣

爱恨是情感的双刃

生死是自然的稻草

诗歌煮沸星天　以闪电的思维

探究宇宙的理性　疾病的幻听

伤 口

河流　大地的伤口
捧打柔软的月光

雄鹰　雪峰的伤口
说出凛冽的闪电

落日　老人的伤口
煮沸血浆与狼烟

婴儿　母亲的伤口
黎明嘹亮的啼哭

马蹄　草原吹不熄的伤口
踩碎花香　磨灭刀戈

伤口里生的人　伤口里死的沙
在烈酒的伤口呐喊悲歌

伤口是一支乌黑的猎枪
它的故事如绵延的野火

爱神的伤口　星汉笑得灿烂
恶魔的伤口　囚笼与诱惑

忧伤的情欲

天空有多少谎言
黑夜就有多少颗假牙

大地有多少粒种子
女人就有多少子宫和花蕾

花园种下冷战的雪
复活的嫩芽　春天的暗语

一群吵嚷的蚂蚁搬运米粒和汗
洞穴里藏着黑暗与黄金

星星关门　神点灯
新娘的泪　慈悲的烛　灼烧情欲的伤心

疑问或其他

被占用的耕地高楼耸立
以后饿了就吃房子

房子饿了吃空气
庄稼与河流像废墟

海饿了　吃天空
吞不下的鸟羽　吐出彩云

直到落日闪了牙齿
草原捧出露水的星星

鸡鸣犬吠的村舍边
溪涧的蝌蚪渴望变蛙唱

哪里有没被污染的炊烟
哪里该有圣洁的爱情

春天去了又来　蝴蝶扑闪

诗的心血　汗水的结晶

碎 语

佛的轮回　就是永恒
谁能记住谁的来世　前生

天冷　人像一块冻肉
诉说红尘的刀锋与仇恨

湖面的冰　僵硬的表情
想说的话哽在喉咙里

血液飘成雪花
太阳的骨头站立　像一种天堂的品格

阳光融化泪与小溪
淌汗的蚂蚁在洞穴安居

勿忘冬云与狂风
季节更替　不换大地温暖的心

荆棘的阳光

穷人没有被盖　黄金哭泣
我闭嘴　为何骂人的蠢话到处飞
莫非我的意念能发出声音
幻听里的妖魔　你们是谁

你什么也没写　谁也看不上
肚子里藏着几部名著
我耐心等　像等少女的一串初吻
你真没听懂我的揶揄

飞机踩着彩云跑　火车乘着钢轨飞
陶令被逐桃花源　菊花换了五斗米
孤独的我挣扎影子和山冈
昼夜打滚　日月点灯

隐者有时是一种耻辱
冷风洗刷湖面裂纹的镜子
鱼虾像时光一样忙碌

撒网的手长着数不清的网眼

城市很大　想见的又有几人
人多心烦　憎恶情欲和命运
愤世嫉俗是饮血的野火
健康生活是安适的灵魂

重复的赞美都是谎言
诗歌戴上王冠与诗歌无关
你若能背诵我一句心跳
荆棘的阳光刺痛温暖

闪

太阳把花香咬得五颜六色
吹白雪山的头　晒黑夜晚的脸

听见精灵　在峡谷的天空飞
羽翅仿佛彩云的呢喃

信仰粮食　水果和蔬菜
不嗜肉色和情欲

酒与罂粟　享乐与毒
分开它们　像分开男女与善恶

羊睡在刀背　狼开始吃草
念经的露水　疼着大地的心跳

倒影

天空披着云的袈裟
念着雨点的佛珠

风沙擦亮满天星子
敦煌的皱纹藏着老马

鸟鸣从喉咙里挤出几滴春天
花露是爱神昨夜的哭泣

月亮从黑暗里牵引光线
仿佛哑巴诵读高僧的经文

快乐的人不怕生病
药汤灌醉魔鬼的倒影

诗与思

被海水咬几口
指甲染蓝少女

被落日开一枪
天空淌血豹皮

湖水笑得灿烂
仿佛容纳了世间所有的欢乐

阳光握住彩云
漏下的波浪　吹醒贝壳的沙滩

当白云变暖　春天从山上下来
吹绿了枯枝和流水

鲜花的美丽是绽放的美丽
处女的贞洁是雪峰的贞洁

谁记得火焰成灰
晚霞熔化夜空的岩浆

新娘挂上婚配的果树
情郎摘下时间的红橘

皇帝脱下新装又穿上
诗歌的笔爱上人格的裸体

思与悟

写诗　一种虚妄的充实
病狂　一种无奈的耻辱

荣与辱　两粒真伪难辨的牙齿
一对拍不响的巴掌

黑夜刮过丛林　星空闪烁
小溪枯竭江河　沧海横流

精液在笑　笑肉身耽误了青春
花蕊在哭　哭傻瓜错过了爱情

神造自然与人　人造艺术与罪
当人造人的时候　神不见了

忘我　故我在
我在　故形神不空

谜

果香搭起楼梯
把苹果送到树上去

花美得让人疲惫
草丛的露水为河流哭泣

羊群没有文字　植物没有诗歌
沉思的石头问空气　这是上帝的谜语

身体　一台生锈的钢琴
奏响人生悲欣交集的乐音

人啊　以骨灰和热血
抱紧你的爱情

云在天上游　路在脚下走
鸟飞过　不留印痕

骨头舞

皮舞　血舞　肉舞
脱衣骨头舞

情欲如飞蛾扑火
灵魂和灰烟在歌哭

汗和泪
敲打牛皮鼓

秘　符

寻觅爱情　摸不到倩影
让圣洁的吻　住进忧郁的心灵

顽石的兽欲　错过婚配
硬化时间的温情

所有生灵　仿佛只为死亡殉葬
而繁衍却不会停息

伯利恒　天堂与人世交汇处
降生耶稣　也有伪与罪

天上火苗　扑灭雪峰的黑暗
鹰群爆炸　埋下湖河的明镜

有一盏灯烛　昏花信仰的美梦
有几句咒语　照亮血污的十字

飞

鸟向高处不停地飞
想把自由带进天堂

枪仰望　泣血的目光
淹没云朵与泪珠　坠落的飞翔

爱情悲剧

巴比伦美女提斯比
与情人皮拉木斯约会暗夜

不意狮子抢先于月夜抵达
美女逃遁　遗失的头巾沾染鲜血

后至的皮拉木斯以为情人已逝
像自戕的兽扼杀了呼吸

最后登场的提斯比　从悲剧走进悲剧
她在绝望中自尽

而我这个孤独的看客
看不懂爱情的意外与悲泣

婚床

红玫瑰吸纳阳光的精血
白玫瑰吐出冰雪的魂魄

快到爷爷的年龄
还没做成父亲

花轿会心疼
石头会嘲笑自己

看见女孩做了妈妈
蜜蜂也会掩面哭泣

我以文字虚构婚床
母语烧成灰 也依然圣洁

画皮

看见汽车会紧张　看见高楼会害怕
生活在耻辱的伤口　诋毁与麻木与关河同眠

一些人盼望疯子发癫　如同盼望戏剧的春天
树上结嘲笑的果实　人性的恶几多饱满

伤人的刀　淌血的脸
记忆的火苗　熄灭的唾沫与尘烟

仁慈的良善　如血液浇灌温暖
不惧小丑的利爪　粪坑的足闪

骨灰惨白　骨头能走多远
当死亡吹熄幽灵的画皮　火焰就不会孤单

寂灭的心

给女性写诗　如同给女性画像
诗人与画家　有何区别

嘲笑我的傻瓜　高举傻瓜相机
我这样子　不愿做傻瓜的风景

倘为编辑　我会选发不喜欢的诗
既为诗人　我会从伤口挖掘灵犀

牛有牛的田　狗有狗的吠
鱼儿游上天　流星会坠地

没有女人的老光棍　患有洁癖
诋毁抱个母猪　急着成亲

世人多如垃圾　蛆虫背诵恶之花
伊甸的苹果　冷硬了寂灭的心

无论生死　人皆属红尘之殇

生于自然　归于安息

灵与肉

身体无病　神仙
心灵康健　圣贤
何计小丑的诋毁
何惧骚货的流言

身体里若有大灵魂
须让它沉睡
如果醒来
会让人分裂而狂癫

身体里那个高贵的灵感
我常自渎　让它痛苦而无颜
身体里那个卑微的魂魄
我常放它觅食尘埃与云烟

岁末呓语

阳光的蜜蜂
亲吻油菜的脸庞

眼泪浇灌的玫瑰
散发血的芳香

心灵辽远　长满野草
适合马嘴咀嚼

大海奔腾　落日追逐
蔚蓝是自由的镣铐

白骨上的火苗　咬碎残星
蟋蟀是沙粒在鸣叫

人类仿佛走到尽头
为何热爱屠刀　不珍惜美好

新 娘

我的文字不会让人绝望　但有悲伤
如同上帝造了白天　还有晚上

你的爱遥远如同星光
亮在石头心上　含在我的眼眶

距离像一件粗布衣裳
披在枯叶身上　嗅不到玫瑰的肉香

幻听的病苦　像毒舌的耳语
我像错过影子一样错过婚床

口渴的歌吟　饮下自由的镣铐
蔚蓝的海浪　亲吻白鸽的天堂

或 许

耶稣不显示神迹
或许还活着

十字架并非天堂之路
它是地狱的钥匙　受难的见证

复活升天是宗教的传闻
与基督相约　轮回的红尘

爱与信仰　恨与魔鬼
诉说人世的疼痛与原罪

黑暗是光的受难
复活是死的哭泣

彼岸与天国　以及神
心灵呼吸的氧与肉羹

人与神

天空不堕落　也不上升
如同人注定接近神　也注定远离

星空闪烁　那是导航的神灯
光速般照亮尘世的路　迷惑的眼睛

饮汗的虫　饮血的刀　饮泪的海
人世的万代　宇宙的瞬间

巢居地球的人　繁衍或升坠
以白骨的皮鞭抽打黑夜的衣衫

爱情

黑夜的浓酒
星星醉倒在镜子怀里

婚姻的灯盏　萤虫的情语
呢喃吹送晚风与花蜜

赞美我的衣架就是赞美你
因为女人是男人的衣服

咒骂你的拐杖就是咒骂我
因为男人是女人的骨骼

男人穿花衣　像枯萎的蝴蝶
女人拄拐杖　像苍老的面具

让我长出三条腿追你
把长路折叠成桌椅

坐着椅子唱歌

我们的爱情　黑夜挤破了嗓门

围着桌子吃饭

我们的爱情　数不清的米粒

人 生

生命极其卑微无助
落花是春的手指　敲打秋的棺木

仁者可贵　智者在高处
愚昧的我　在泥土翻找白骨

风刮山冈　摇曳草木
把根须扎进涟漪的天空

厌世的云朵　不惧流言诋毁
代替死去的人活着

汗水里淌泪　泪水里淌血
以诗的灵光照亮人生路

兽 性

把权力关进笼子
老虎不会咬人

把老虎关进笼子
会咬伤自己

发疯的诗歌
孤独的瘾症

几只老虎让我滴血
我的咆哮是空洞的笼子

悲悯

没有星空　没有神
人类有何仰视与皈依

有了圣诞　有了爱
天空的雪花扑满大地

自由

如果不想活
可给自己一刀

如果不想爱
做一块石头

如果不想长大
咬紧妈妈的奶嘴

如果不想死
去学神仙游

如果不喝水
谁还会口渴

如果不流血
皮肤怎会饿

如果不想病

吃掉幻听的耳朵

如果想受骗

别怀疑温柔的舌头

如果想不朽

好生仰望星斗

如果想写绝望的诗

请别敲碎骨头

烛光

炊烟飘上天
挂满绿树枝

汗水醒得早
鸡鸣里锄草

哭声大的青蛙
最先爬出水井

闪烁如雷的星辰
擦亮天空的歌嗓

少女在花蕊笑
露水沾染花香

小伙在雪线上走
攥紧晨曦的光芒

朵朵斑斓霞彩
放飞蝴蝶的忧伤

神鹰黑暗的羽翅
刺伤白昼与月色

隐痛的甲骨
诉说祖先的秘语

诗歌　文明的烛光
安心之术　与自己对话

顽石

踏着山的波浪　心中藏海
顶着天的草帽　怀里抱月

魔鬼让我癫狂　出尽洋相
诗歌让我创造　找回尊严

土豆写的小说　苹果读红了脸
鱼游得欢快　水草哭了

45 岁生日那天　搜狐给我 45 个页面
谁厌倦虚名与时间

我想围着母亲的坟墓　绕回 45 年前
让母亲再次临盆　我又诞生

创造与毁灭　复活或永生
都是神的游戏　疾病与梦魇

欢与痛

两个欢笑的少妇　抱着婴儿用阳光交谈
炫耀着母亲的骄傲　孩子的幸福
我并非婴孩的父亲　也不是她们的丈夫
却有一种做父亲的满足

没有姑娘　在纸上写活诗歌的爱
撕碎稿纸　一场圣洁的大雪
融化心灵悲哀的孤独
让虚无的婚期做火把的灰烬

残缺

孤独是一个人的残缺
爱情是两个人的残缺
婚姻是生儿育女的残缺

白鸽坠落　彩云飘逝
是枪口和天空的残缺

石头挡住一条河流
水枯石烂　是时间的残缺

青草绿色的血
染红太阳与野菊
树影和鸟巢　是飞的残缺

蛙 皮

那些死去的青蛙
在我笔尖复活

蜕皮的青蛙肚子敲鼓
敲亮夜空和春的巢穴

流星听见月的感叹
湖泊噙着新娘的泪眼

以诗爱人　谁会当真
以歌自恋　鬼才相信

蛙鸣忏悔愚顽的童年
诗歌触摸上帝的灵感

醒与梦

太阳每天都是新的　阳光也暖
爱情永远都是甜的　婚姻也苦

天空笼罩大地以黑白
昼夜赋予人生以美梦

月暗星稀的仙界
与一群小仙在梦里玩追梦的游戏

不意突破上帝的禁区　灯盏熄灭
读心的唠叨　被病魔纠缠

幻听与思维鸣响的磨难
仿佛神的诅咒与嘲讽

无言的刀尖刺痛诗歌的巫术
坦白的梦解析病因与命运

草冢

鹰的翅膀撕碎天空
天空还在　夜掉了下来

神把云拧出雨点
眼珠翻动干涸的沙粒

湖泊是星空的镜子
风的涟漪拂动脸庞

马背像男人的胸膛
抱紧血汗与刀光

海飞逝　露水旋转
草尖的虫鸣　射下落日

母驼老了　幼驼也老了
一代代时光嗅不出大汗安息的草冢

大漠古堡　游荡英雄的亡灵

谁能透视　死的秘密　生的忧伤

闲 话

鱼游上山冈　白云赶下池塘
星星打开手电　月亮敲打银光

爱情源于不自信　和对自身的嘲弄
诗歌终于不能爱　和对一切的仇恨

阳光走在纸上的足音
点亮心灵的灯盏　温暖汉字的木房

我不敢嘲笑历史与传统
像抛不下的影子融化黑暗

无知狂徒自己生下自己
丢了父母和露珠的海洋

樱 桃

红色的唇　深邃的吻
一粒粒甜蜜的死亡　吵闹树的棺材

谁贪婪摘下春的果实
回味一生的枯枝与相思

油菜

春风拂动菜花的河流
溅飞蝴蝶的涟漪

嗡叫的蜜蜂刺得太阳出血
欢喜了阳光与黄金

天空低矮　如足下的浮尘
翻找草根与骨节

时间静止　敲打耳朵
听见脉搏与露水

虫鸣滚落汗滴
儿女婚配　油菜结籽

一群数不清的黑籽
攥成淌油的拳头　砸痛芳香的日子

便条

葡萄们在藤蔓上跑累了
汗水变甜汁

雄鸡在鸡毛上咆哮
呕血的黎明刺破鸡冠

埋在天空的头颅
敲碎黄金与温暖

诗歌与宝剑　骨肉与血汗
脚下的灰尘　淹没路的长叹

大漠有碗月牙泉
黑夜有朵白银圆

春雨酣眠　梦见桃花的秀足
偷偷一笑　少女的欢颜

溪水挤瘦了云朵

飞鸽是森林的蛋

汉字里半生跋涉

真切的情思　笔直的腰杆

人皮裹着肉身

沸腾的心灵　不息的火焰

八 行

河流的长练　飘出彩云和青苔
水波摇曳　树妖的红泪

捉住草丛里的露珠
星光吹送虫鸣　碎玉磨亮黄金

有了空气和耳朵　才可能有音乐
梦里的笔　走不出墨水与焦虑

鱼是水发的芽　海是永恒的花
轮回的爱恋　绽放或凋零

诗歌奔向地平线

树枝游动果实与枯蝶
秋天唤不醒牛顿的昏睡

清风白云　吹送燕子的飞
绿叶的木鱼　敲打枝干的骨骼

披着阳光的人皮着火
踩着阳光的沙粒吹雪

顽石一天不读书乏味
光棍两天不吃药犯病

别嘲笑　我不懂音律的舌头
这世上先有人唱歌　才有乐谱

水珠能造海　细菌能造人
上帝的精虫不醉　魔鬼的生殖不累

血粒在奔腾

马蹄是草原燃烧的海水

星光跑多快　跑到夜的前面

落日走得慢　群山拍了拍肩

旗号的写作　作茧自缚的蚕

自然自由自在　诗歌奔向地平线

叹 息

天空在牧鞭之上　一抹彩虹
大地在舌尖之下　几粒粮食

一只鹰隼飞翔
沙粒灼脸　寒风刺骨

蝴蝶飘飘　笑欲火焚烧
青铜铸剑　惜血仰天高

神的羔羊　草的露水
狂吻云朵和马蹄的芳香

草根低语　绿了残霞与毡房
落日滚烫　红了晚归的虫鸣

红枣

梦里母亲给我一粒红枣
胜过舌尖真实的香甜
咀嚼夜梦昼醒　茫茫生死

母亲在坟墓里长眠
会不会梦见儿子　把一包红枣
供奉给她遗像的灵前

思念不会减少　如同爱不会消散
每个人来这世间都很偶然
无数偶然便成了必然

摇篮或墓地

花　爱情的婚床
唇　醉人的琼浆
夜空的被单缀满呢喃的星子
红烛的露水滚落羔羊的眼眶

炊烟的泥土像母亲的毡房
云朵般种在草原的心上
河流与针线牵挂远方的游子
埋葬时光的马匹　落日的歌唱

母亲　你这最初的摇篮
皮鞭抽打不变的童音
家乡　你这最后的墓地
脱不下温暖的草帽和语言

暗 笑

金发美女　蓝色的海水
华族少年　黄河的波浪

树渴了　长出翅膀游泳
空气比水窒息而透明

疯病是纠缠我的女人
诗歌是我挣扎的爱情

笑我的人看不见
我是一个喜欢暗自发笑的人

欲 爱

你的脸像橘皮剥开橙色
我的心像天空搅动云霞

枕下的野棉　秋虫唧唧
温暖的阳光　情话柔软

蚂蚁的洞穴　藏着针尖之蜜
饥饿的天使　尝遍花香之美

非洲的黑珍珠　乞力马扎罗的雪
眼睛点亮身体　木鼓敲打音律

远离海　海就小了
一滴泪就能装下盐与沙

没有情欲　爱就冷了
冰块里的火焰　找不到家

饮 醉

宫殿的女王　飞沙为你起舞
流浪的乞丐　空碗为我敲鼓

歌声飞过五百年　嘴唇找不到耳朵
河流走上高山　树着了绿绸

仙女飞升　留下冰湖的脚印
诗人孤独　露水扑打萤虫

心跳的落日　晚霞里抽搐
醉虚无的婚期　饮相思的毒药

舌头或祖国

没有婚床依然有黑夜
没有睡眠依然有噩梦

坐的凳子是木材制造
吃的稻麦是农人供给

空气吹鸣　阳光喧哗
蝴蝶绽放云朵和香草

玫瑰染红恶狗的诅咒
猛男死在叫春的床上

鱼的星光　海的疼痛
抱不起悲悯的心动

走路是脚的命运
汉诗　我的舌头和祖国

闲 笔

阳光如此多娇
引无数阴影尽折腰
彩虹的飘带套紧大海
鸥鸟沉溺飞的梦乡

夜的手掌晃动
星星驱散鬼魂
诗歌用木棒敲打虱子
绿草追逐的马蹄踩乱月光

芳香的蝴蝶忧郁
扑闪豹皮的咆哮
一口枯井咳嗽
半碗水流溢蟋蟀的鸣唱

爱的沙粒　恨的霞彩
消逝在月牙的大漠
骆驼背走群山和黑夜
古堡留下胡杨　残剑与游侠

莫叹

我对你的爱　盲人眼里的黑暗
你对我的想　月光下的银锭

攥你在手心　怕出汗
拥你在胸前　怕翻脸

数着米豆的情欲
吻着星光的思念

走到山脚　人是尘土
把山抬起　人是高天

莫叹小草不能做房梁
挽手奔跑的绿　构成海的草原

雾 霾

雾霾污染呼吸
众生奔忙　为爱情或者生存

雨敲打雨的光头
眼珠藏泪

风脱下风的皮肤
玻璃透明

蜻蜓点亮水的星光
汉字洗净诗的青衣

不知咸淡的舌头
为谁咀嚼饭香　为谁哑然淌汗

针尖刺穿落日的血
听见海的皱纹与叹息

给

焚烧流星　你会得到夜空的美
花朵满眼　草香盈袖
羊蹄追逐低吟的露水

牧鞭的河流甩出马尾的远
马背上的歌声翻过云彩
我用树叶和虫鸣编织绿海

森林里有童话吗
你的乳房像石榴咧嘴笑
我仿佛听见婴儿的哭喊

你是我想要的食物
猫是鼠喵叫的坟墓
有诗有爱有盐　牵手走过人生的悲欢

哑巴的灯盏

天黑了　心就黑了吗
让血浆浇灌梦呓的风景
让诗句擦亮星光的闪电

从眼眶伸出手指
触摸处女的玫瑰
过甜的幸福会厌倦
过伤的病苦会悲观

泪珠的项链
挂上凝脂的颈项
弯月似刀
割断月色的幽怨与缠绵

夜空转了一万年
我没用半秒说出那个字
你错过红烛的婚配　哑巴的灯盏

蟋 蟀

露珠是春草羞怯的表情
在少女的眼眶微笑

戴皇冠的天空低下头来
大地光明　海咆哮

时间凝固　一切历史都是当下
感情冷却　一切火焰都是灰烬

谁在乎　哑巴的语言
剑饮血而高贵　骨腐朽而卑贱

生死之间　蟋蟀触摸心跳
美和爱　短暂如草茎的闪电

蝴蝶泉

这一朵蝴蝶
总也飞不起来

翅膀皱着眉头
风透明

红日像个吻
落进泉眼化游鱼

当我以歌声表达爱
不要把诗人当乞丐

水珠满天　月光跳动音符
黑夜灿烂　心灵煮血为盐

枯瘦的井　像老树掉光叶片
春天遥远　渴死在嘴边

大街的美女

大街上发表的美女　谁写的
我读她们的秀发和倩影
不敢读她们的嘴唇与芳心

嘴唇打开花朵　芳心恋着别人
她们美得贞洁　像一种病
我的孤独囚禁血里的灯

读她们的人害上单相思
幻觉里拥吻的爱
把白昼变黑夜　男女变星星

诗 句

吃掉黄金的人　身体不会发光
发光是眼里的海水
溅落一滴滴痛苦的飞翔
跪饮羽翅和盐粒

当残霞烧成天空的灰烬
一口气吹散峰峦的森林
星星酣睡梦的皱纹
黑夜飘成野草的绿发

从未觉诗句灿烂
也未觉诗人卑贱
高贵的事物　永远在低处
埋进泥土的种子　说出汗水的秘密

诗人不死

把月光揽入胸怀
与冰峰接一个吻

把自己喝成酒瓶
灌倒烂醉的海水

风洗净　皱眉的云朵
鸟飞过　不留痕迹

天空掉下河流
水花嫁给苍老的水纹

石头在水里窒息
向鱼虾学习呼吸

饥渴的我　以汉字为食
品尝母语的霞光与圣洁

写诗就是回故乡
语言仿佛栖居的巢穴

肉身道成汉字
诗人就不会死去

红

把嘴唇吻成枫叶
几度飘零　热烈的爱

子弹饮血　伤口来不及喊疼
熄灭的心跳　泼下火焰

我冷　星星取暖
夜黑得像真理的反义词

从文字挖掘诗意
翻卷的天空　苍白如谎言

马匹淌汗　时间徒劳
篝火的舌头　洗净刀剑与狼烟

梦见樱花的皇冠　红海歌吟
跌进阳光快乐的深渊

诗与人

无情是残缺　多情是病态
荡漾的星空　吹拂辽阔的爱

爱把火烧成冰
公鸡也会下欢乐的蛋

胡子白上头发
皱纹怎赶回少年

鸟飞多高　要用空气的羽毛
鱼游多远　挣不脱河的长线

一串串雪峰的项链
挂上神鹰的视野

被疯魔煎熬多年的我
精神疲惫　煮老药渣的容颜

写作是对死亡的亵渎

人类做爱　诗歌繁衍

人算什么　画皮的骨肉

诗算什么　灵魂的心海

暗语

吃农人的稻谷就要歌颂土地
读领袖的诗篇就要赞美你

网络嘲笑我的伟人情结
数字和页面列队欢迎心灵的秘密

轻浮的气球演绎漏网的梦
我的名字像戏台的沙粒

座机比手机晚点 83 分钟
这是我与领袖的距离

奇怪时间与时间擦肩而过
时间遗忘了时间

时间　爱了恨了　对了错了
我把时间的涟漪　揣进皱纹的口袋

石头的河流累成海水

用吃草的眼光　看美女
羔羊非花痴　有意即无情
好动的风忙坏念经的木鱼

叫春的兽　怎喊醒枝上的桃花
落日的红酒　醉卧峰峦如蛇
与时间做爱　神的精液呻吟

一个鸟字在纸上飞　洞穿枪口的自由
心的天空浪费多少辽阔与云朵
弹响星光的泪与灵感的伤痛

花睁大七彩的眼　让春天失眠
天下我无婚配　地上独木难林
石头的河流累成海水

母与女

一种美繁衍一种美
不算抄袭

一个子宫孕育另一个子宫
叫作复制

如果世界美好　别忘了爱
如果生活丑恶　玫瑰关门

心住着两个人
母亲远走　女儿尚未出生

清明的泪　让远走的回家
海的盐巴　让发芽的开花

骨 头

祖先在泥土里洗澡
把身体洗得剩下骨头

残存的骨头会像肥皂一样消逝
站起的骨头　支撑钙化的人生

有血　有泪和汗
还有温度和爱

天涯

刀磨快河流　春天生锈

骏马追逐草原　落日咳血如花

亡命天涯的人

活着是草根与露　死去是残霞与沙

海与人

爱海的人　还没变成浪花
泪就淌下来　咸成了沙粒

海站起　汗水摸到天空
柔软的镜子　缀满飞翔的星

槐 花

我爱槐花　因为我吃过
吃过槐花的春天　春天的槐花

那时我还少年　少年的身板和心思
少年的蜜蜂爬绿了枝干

蝴蝶吊在树上　荡一串秋千
花香破碎　比枯叶还绚烂

洪水来了　洪水真的来了
淹没槐花的香　梦里的春天

上帝的玫瑰

花香在空气里凋零
上帝的玫瑰谢了

罪恶是一种病
传染腐烂与仇恨

飘逸的雪是升天的火
有善良和圣洁的品性

酒饮干燃烧的泪水
道德戴上颤抖的王冠

染血的刀生锈
芳魂复活在春天

我是痛苦得忘了快乐的人
在幻听的阴影里炼狱

孤独叩响诗歌的门

一滴水禁欲　绽放纸上的爱情

上帝何在

上帝并不懦弱　也不害羞
只是造完天地　昼夜与万物
疲惫的他　累得睡着了
在谁也不知的地方睡着了

世间的罪恶终将审判
善美的灵要回到神的呼吸
人与神的契约没有疑问
我们看不见天堂　而他没忘人类

日月悲悯的眼光　仿佛星汉灿烂的手掌
抚摸人间的泪与痛　血与命
针尖一样细切的呐喊
被天使无形的线牵引　魂归何地

爱与恨　悲与喜　生与死
无论隆重或惨淡　温热或寒冷
都不过是红尘中的幻影与叹息
仁慈的上帝抛下乌鸦与皇冠

我，一个抒情诗人

我　一个抒情诗人
缺点囿于矫情与偏执
优点在于纯粹与坦诚
何惧流言　幻听与清贫

做梦的家伙　睁眼迷路
连萤虫都在笑你
把夜的婚纱披肩上
娶不到月光的情人

漏网的花朵　像春天的鱼藏水底
隐瞒多少河流的秘密
刮风的石头　音乐里起舞
读心的疾病　挂上夜的耳垂

上天入地的爱　无非画饼充饥
光棍在纸上意淫
笔尖下的字　悄悄自语

病魔在诋毁母语和天使

一无所有的人　有何不能舍弃
误会为时间和理想写作
其实是为自己　为病苦　孤寂与身影
谁看见　时间深处走来又消逝的人群

天空　飞鸟　甲骨　流云
短暂与永恒　几粒油灯吹不熄青铜的星辰
我猜不透未来读者的胖瘦贤愚
他们的眼睛　早已融入我的热泪　洞悉我的心灵

忠 告

不要与异性调情
不要与同性恋爱
不要谈公主的贞操

不要轻信流言
不要在意毁谤
不要放弃诗歌的唠叨

不要与破鞋跳舞
不要与口红接吻
不要在草露里撒娇

不要与影子分家
不要抱石头取暖
不要用鲜血磨刀

不要在黑夜独唱
不要给花朵催眠

不要听幽灵鼓掌

不要让孩子弃学
不要让老人空巢
不要让酒疯子的煤气罐燃烧

不要与霞光做爱
不要看浮云流泪
不要抢占天空的道

爱欲或其他

你夸我想女孩　两眼放狼光
我赞你见美人　眼珠滚出来

光棍四十多　没吃过女人
何妨拒绝傍晚诱惑的烤鱼

女人咀嚼男人的孤独
男人纠结女人的寂寞

人这血肉之躯　如同一捆干柴
火焰会化为灰烟　要爱惜燃烧

情欲的时间　焚毁肉身的宫殿
骨灰里的舍利　错过红尘的笑靥

有人活着　架子大嘴皮大才气不大
有人喘息　倒出粗碗里的酒精与血汗

有人死去　刀如生锈的舌头沉默
坟是活着的草帽　盖着风的露水和黑夜

空碗里的爱

我的前生　也许是个不负责的国王
伤透后宫粉黛三千颗心

让我今生　学会独处
与诗歌和病苦相亲

也许我来生是个和尚
找不到寺庙　让经卷与油灯成婚

草地的花朵　看见我就看见老人
天空的飞鸟　听见我像听见幽灵

而我打马逐日　吹云造雨
饮下大风　饮下空碗里的爱情

歌 手

假如诗人不再说出赞美
这世上有多少虚浮的诺言

羔羊回到草　尘埃回到土
死回到生　江河回到水

我是一个跑调的歌手
怎能解救屠刀下的云海

夜空的星子　镶嵌冰峰
一动不动地眨　雪莲的眼

舌头咀嚼黄金　煤渣回味火焰
明镜高悬　佛牙的项链

懂得什么该说　什么不该做
什么是善　什么是恶

自然以草木疗伤　草药以苦味治病

最快的思维是闪电　自由的歌喉是绳索

意象

火焰惊醒的露珠
打湿鸡鸣的瓦房

大漠埋葬的马蹄
踩熄弯月与飞沙

白昼杀死的星星
黑夜复活的喧哗

大海熬干的眼泪
煮出结冰的盐巴

枪口饿得冒烟
子弹吓唬心脏

猪血刀下号叫
匠人灌醉死亡

神 话

我是万物　我是一

我是一的万物　我是万物的一

我是老人　婴孩和岩石

我是植物　动物与星辰

青春没有玫瑰与露水

时间没有繁衍和情欲

种子是灵慧的梦核

影子是火焰的尘灰

天堂的血泊像枫树奔涌

枪口的白鸽像子弹乱飞

满头华发的霞彩掏出黄昏

躲闪山后黑暗的海水

诗会留下　刀在生锈
人会腐朽　兽在交配

我是生死　我是黑白
我是生死握紧的手与昼夜

我是善恶　我是幻听
我是精神与读心的病

我叩问真理与光明
拒绝虚无与永恒

沉迷或清醒

看不见星空　黑暗是双重的孤独
心脏涌动血红的大海
渴死的盐在骨头走动
我什么都有　除了幸福

不嫉妒高升的岩石
不羡慕迎娶鲜花的木头
河水流光行走的脚　我无路
凭借诗歌药品　与病魔缠斗

爱情圣洁　也有不净的分子
汉语美丽　也有丑陋的腐朽
大地埋不下我的沉默
隐忍的疯狂　窒息生死的悲苦

我赶不上我　还自以为是
与世无争的心灵　住着桃花源
山水隐藏多层空间

众生迷恋红尘的画图

谜遇见谜　弯月给夜空解锁
一曲欢歌　赶着羊群与云朵
天空打开奔放的蔚蓝
喂养毡房的炊烟　草根的鸣虫

民谣

把青草还给羔羊　把牧鞭还给云朵
把毡房还给炊烟　把乳汁还给江河

一无所有的我　空荡如碗
盖住大地上的玉米和星空

哑巴歌唱绿草原
盲人的路踩响鸣虫

从生到死　有一个去处
从死到复活　有轮回或因果

闪 烁

纯真的笑容熄灭
胜过飞翔的发型燃烧

鸟的羽毛化成云彩
胜过鱼的骸骨掀起浪涛

夜空玛瑙的星光
胜过滚动落日的大海

手握心跳的爱
胜过十万亩油菜的婚床

在梦里竹篮打水
胜过镜子里的花香

蟋蟀露齿的鸣叫
胜过游子思乡的歌吟

沉溺写诗的老疯子

胜过不读书的少年郎

灵 童

不死的高僧　骨会朽坏
肉身熄灭　草根轮回

前世的人复活
摸到今生的门

经书的文字　如舍利的灯
菩萨的基因　罗汉的指纹

圣婴的啼哭　鲜花的笑语
抹去晨曦的泪　亲吻幼神的嘴

我错过我　你遇见你
你就是我　我不是你

参悟生死善恶　难逃佛的掌心
佛的掌心　握住三界的大屋宇

想起海

想起海　舌头忍不住渴
你看　我的暗礁涌动碧浪晴天

树上结满鱼的果实
虾的海鲜端上沙滩

海　你这液态的天空
把我变成飞翔的火焰

连鸟窝里的蛋也飞了
去追逐落日与云帆

雷喊叫　雨哭泣
海脱下风的内裤　残霞的脸

我的文字　除了自己
谁能安慰精神的孤单

海　除了盐粒与皱纹
还掩埋尸骨与蔚蓝

我有两足球　猪有双睾丸
海有几个昼夜　叩问短暂或永远

眩 晕

出门碰见送葬的人
仿佛我已离去　走进石头与梦乡

关河的太阳埋白昼
建水的月亮挂天上

右眼白玉　左眼石榴
一样的贞洁与金黄

天空的脑袋　彩云的脸颊
翻阅飞鸟的田园　鱼儿的海洋

星星低语　给我一巴掌
眩晕的黑暗是另一种光芒

印 痕

干净的人往往与世无争
执着的意念纯粹心灵
刚健的人格挺立高山
温润的品性舒缓流水

唾沫飞溅的乌鸦
淹死多少名篇佳句
一个字没写的狂徒
口气大过天上的风云

你并非唐明皇
我肯定不是李太白
别把诗人当奴仆
也别让自己充神灵

劳作淌汗水
写诗耗心血
笔在纸上走动灵感
留下情思与时间的印痕

说出爱

你的秀发飘香　传染我的鼻子
我的眼睛饥饿　饱餐你的脸庞
舌头的桨　划过你的酒窝

你看月亮升起来
像天上清澈的湖泊
你看宝石绿起来
像脱下星光的黑蝶

病魔是心灵的磨难
幻听是耳朵的绞索
我是我的奇迹
你是你的意外

我把爱写纸上
烧成灰你也不看
我只能说出　说出血的痛　火的缠绵

感想

如果我是蛋糕　饿了可以吃自己
如果我是水　渴了可以喝自己

贪官是敛财的机器
会停下吗　我看见它的斑斑劣迹

梦见灵魂飞升　无踪无碍
它穿过天堂的墙　绊倒地狱的绳

天空比大地虚旷　人间比天国更近
诗歌唤醒良知　禁欲治疗狂疾

大师模糊的诗坛　鼓噪雕虫小技
森林空寂的回声　点燃羽翅的绿意

星空的算盘

你有你的海水与草原
我有我的天空和峭岩

凋谢的花与雪
枯叶埋没溪流的坟茔

凡是用钱能买的东西
都很贬值　包括美人

被脏话强奸的耳朵
挂着困惑与疑问

堕落的人　沿野兽的路狂奔
血腥的空气　弥漫生殖与暴力

谁的足踩亮灵感与月光
内心的暗锈蚀了刀棍

蝼蚁与沙粒　人与神　虚无与永恒
星空的算盘　怎数得清

忧 郁

花朵的美只有一次

而春天会重复

所有翅膀都会飞

而天空不会嫉妒

一只蜜蜂新婚

嗡叫一串串芳香的露水

两只鱼儿打盹

身体像酒　灌醉江河的谣曲

波浪扑打落日的泪珠

栅栏是自由的海浪

枪口喷射悲悯的鲜血

子弹让死亡变黑夜

雪峰在爱里升高

星月会厌倦刀锋的寒光

湖泊在恨里死去

沙漠烧焦渴望的忧郁

阳光的疼

阳光站在山顶　阳光端坐云上
阳光擦亮风的翅膀
阳光脱下水的衣裳

石头像阳光一样温暖
海浪像阳光一样流淌
棉花的心　装着善良的太阳

针尖上的阳光　刺痛鸟鸣
针眼里的阳光　牵来绵羊
针头上的阳光洗净血的诗行

阳光的金线多么漫长
编织星的经纬　命运的罗网
阳光的疼　草尖上的露珠在飞翔

天堂的房间

昨夜　我梦见自己下地狱
神使暗察我的影子与言行
美女和权柄　诱惑我的生平
原谅我上帝　有错的人无罪

蒙受上帝的救赎与神恩
我的灵升腾　走出地狱
天堂的房间像汁水砸痛大地
只要有爱与美　诗歌会在血液结晶

星空像我闪烁的眼球
滚动黑白与昼夜
善与恶的心跳　喂养鲜花与尖刀
永恒的生命　繁衍野草和蝼蚁

上帝　我也许去不了天堂
浮世　需要月光　蔬菜和粮食
时间会伪造信仰　分辨是非吗

我看透梦与睡　像呼吸空气中的氧分

我的诗与其说关乎乌蒙与岩石
不如说关乎心灵和母语
情欲　意志的焦点　梦境　精神的故乡
生物堕落或绽放的公开秘密

沉思或远游

激情燃烧　光芒闪烁
别给我　流言与脏水
人活着　需要走
即使寸步难行　精神也要远游

在山坡遇见野花遇见狗
花吹喇叭狗吹牛
露水在草丛躲闪
我的歌喉吐出一溜云朵

在沙漠遇见荆棘与骆驼
足下沙粒如堆积的星空
我听见狂风吼叫　古堡寂寞
谁掏出时间　翻找先辈的叹息与枯骨

在大海遇见自由的帝都
屈从蔚蓝与船舶
鲨鱼咧开巨齿　鲸鱼吐出海啸

鸥鸟像一群嫁给天国的公主

人堕落　魔狞笑
人理智　神欢呼
血腥的刀与阴谋的枪
远离我的纸笔与枕头

夜被烧烤得冒烟
月亮发出嗞嗞的肉香
人要平安喜乐　饱暖知足
谁稀罕把贝壳变成子弹与伤口

虚 妄

我来世间　与其说追求幸福
不如说与命运妥协或抗争
沉溺病的苦　写的乐
相对的真理　绝对的谬误

灵魂不朽　人本已永生
尘世的磨难　历险与苦乐
无非生命的冷暖与轮回
放弃爱恨情仇　何来心性的病苦

死亡并不可怕　无非绿叶变枯
空气看见的灵魂　像透明的水珠
砸在地上绽放　也不怕疼痛
而我眼里的水　哽咽在喉咙

传宗接代的想法
陈腐也渺小　坚韧又本能
狂傲走进迷雾的森林

谦卑的人　才能去天国的净土

生命之火熄灭　血已流干
溶洞里的塑像　依然肃穆
仿佛时间凝成岩石的汗珠
沉默生动的海　不易腐朽

甘霖

河流的裸女　以日月的乳房
喂养星星的鱼群

波浪抹去时间　挂上皱纹
透明的水　注入海的眼睛

咸涩的彩云　腥味的海鸥
藏不住海的自由与蔚蓝

沙滩藏不住贝壳和虾蟹
我藏不住幻听与诗歌

风与羔羊　横渡天空
一棵不会飞的草　渴望爱的羽毛

冥 想

人生如梦　死亡是一种醒
诗歌并非米饭　岂能天天吃

诗歌的酒精里　有一种醉
滋润阳刚　血管与精神

天空吐出佛光　神灵绘出霞彩
峨眉奇秀　谁的眉黛

画家的灵感高于自然
爱自然就是爱泼墨的河山

美女是一种相思病
爱情如镜中花撕碎纸屑

花朵的婚姻失败
油菜的金床　蜜蜂无眠

草原真大　真远

马蹄踩翻千年星空　大海疯癫

有一把生锈的刀　挂在天上

有一句难言的话　泊在心田

怀 想

把梦放上峭岩　或者云朵
飞与不飞　都是睡眠的光亮

我想天天晒太阳　最好住在太阳上
哪怕化为灰烟　也是金子的消亡

有人的地方　江湖就是圣坛
有刀的血腥　就有罪恶与善良

吃着烤鸭与翠绿的山水
我的胃摇晃酒壶的时光

人类仿佛天堂的瘟疫
滋生众多危机与地狱

诗与爱同在　灵与神挣扎
温暖的诗句　坐在心灵的前排

雪冷冰寒　有人干净地离世
大街仍然污浊而喧嚣

感觉月光像一束消逝的细雨
感觉死亡像一场荒唐的骗局

或许有永恒的宁静　快乐与安详
厌倦轮回的生死　窒息尘世的哀伤

咒 语

星星是冥想的花朵
打开沙的露水　点亮柴火
燃烧吧　时间的心跳
滚动吧　轮回的黑白

做一根恶棍　离地狱很近
做一个好人　距天堂不远
蓝海仰望云朵　鸟影掠走落霞
善恶是人性的折磨　诗歌是巫师的咒语

木乃伊

身体里的心煮血
身体外的风刮鼻
意念走过千山万水
目光扫落秋的枫叶

心灵的圣坛放个神灵
石头会安详而仁慈
心灵的祭台放个魔鬼
山羊会病苦而癫狂

汉字与爱
不能使你宁静
情欲撕碎影子　月光下的雪
黑夜流泪的月光

敲醒一块白骨
喊亮满天星子
情人眼里出干尸

爱你爱到木乃伊

皱纹笑老的河流
时间只是一束水草
鱼虾和网　撒下的浪花
短暂地开谢　透明地久长

灵感

饿出一首诗来
以诗充饥　以诗取暖

把嘴和胃抓住
以笔和手的筷子

把心跳和血抓住
以神经和思维的碗

躲开纸与沉默的子弹
躲不开时间的伤与火焰

活着或爱

我是贱民　草根下的贱民
种植泥土　咀嚼泥土　埋进泥土

奔跑的岛　脚印搅动海水
海里的云朵破碎　像绽放的花蕾

灌醉日月的酒壶　迷醉天空的味道
一生舌头　唾沫如星子

想给丢失的耳朵打电话
又恐泄密眼镜与自己

最快的速度是静止　最慢的死是活着
最好的诗是创造　最坏的梦是醒

在所有的死中　我最爱不死
在所有的孤独中　我最恨影子

闲笔

清淡的河流　煮清汤的山色
春的一束草叶　旋转为蝴蝶
捉不住的云霞　像漏网的红鱼

野兽是火焰　焚烧一切山海的存在
留下暗礁的魔鬼　破碎的云烟
吹灭世间　情欲和罪恶的宫殿

人是时间的创造　时间是神的光斑
时间的魔方里　人幻灭如尘埃
黑白的昼夜　黑白的生死与泪眼

孤独的瘾症　幻听的魔　纠缠我二十余年的藤蔓
高处的诗神　以慈悲牵我的手笔与神经
灵智的诗句　以爱汇入爱　从心田淌进心田

我像一块纪念碑　民族和国家的沉疴都压双肩
少女呀　见我不要躲闪　把我当成你足边的哈巴
你一步步踩绿了草　我哗啦啦笑开花的容颜

智者之舌

皮下血肉　血肉抱骨
欲望冰窖　冰窖埋火
人间的爱　病变为性
智者之舌　嘲笑疯狂的繁衍

罪恶的人　仇恨插伤心脏
血液里充满毒液
爱的天堂　门一直开着
你要小心　别误入地狱

时间哪儿也没去
陪你黑发变白　皓齿变缺
变得认不出皱纹
丢了拐杖也无法找回自己

爱上真与善　把诗当诗来写
与心灵对话　力求唯美

思想抱着脑袋痛苦地旋转

作家靠创造　童贞即悲剧

饥渴

医院的过道散发浓烈的精液气息
除了性的繁衍　人皆不必堕落

远离恶　诅咒的幻听之魔
靠近血　光明的心跳之火

树叶的音符　唱歌给苹果
挤牙膏式的写作　诗破碎成芳香的云朵

风刮过峡谷　鸟挂起羽翅
沉默的山岩　把天空诉说

星球洗净蔚蓝与神秘
仿佛海的花筒摇动盐粒的贝壳

而我两手空荡　握不住牧鞭
沙漠的蜃景　幻化草原与羊群的饥渴

春天的早晨

春天诉说少女的心事　溪水濯洗彩云的裸足
呢喃的鸟　结伴扇子的蝴蝶
飞过草的坟冢　花的芳容

露珠挂天空　星星沉默
少年的黑夜燃烧
情欲的婚床　绽放花蕾的黎明

海的神话

落日下的海饮血
蔚蓝变幻起的黑夜

我握住海鸥的手
摸到海星的眼

我在海浪里安眠
刮过风的时间

饥渴的海盐
让远走的陆地堆起雪山

我在不死的病里复活
如同海的神话　吹拂贝壳的海滩

热爱

春的唇吻醒花蕾　在月亮的酒杯娇艳
少女的红樱桃　迷恋绿草的彩云

血写的黄沙　落进酒杯
像鱼骸　埋进受伤的岩层

风吹熄敦煌与锈剑
点亮荆棘的驼铃　飞天的诗句

倾诉的梦　刻上残简
时间的残简　热爱骨灰的火焰

病

吃饭　像与人抢饭
莫非我能快过发病的时间

说话　唾沫滔天
若能平和呼吸昼夜　我真康健

幻听的诅咒　读心的鸣响
妄图控制我思维的大脑　诗歌的闪电

热爱自由与独立的我　被病魔纠缠
怎不癫狂躁动　厌世悲观

印 象

水杯的海　火焰的唇
天空的灰烬　变得蔚蓝
飞鸟的子弹　穿过星星的伤口
太阳泣血　黎明眨眼

公鸡啼鸣　啄醒瓦房的炊烟
草绿山青　照亮河流的腰杆
蝌蚪游进春水　不见蛙鸣
农舍粉白　像马背上李花的笑脸

理发店

空气挤满头发
跳舞的头发　短命的头发
走动的头发　坐在椅子上的头发

时间是凝固的昼夜
从剪刀的闪电掉地面
有血　有泪　有汗

汗里有几多血
血里有几滴泪
泪里有几把汗

彩云的诗行

阳光的溪水　流淌玻璃窗
彩蝶与蜻蜓　像游鱼敞亮

嗡嗡哼唱的蜜蜂
把油菜花丛当海洋

风号叫　鹰静止　北国毡房
牧鞭下的草原　追逐马匹与奶香

几捧燃烧的红土
埋下先辈的骨骸与心脏

谁把落日的足球踢上山冈
天空的门　打开彩云的诗行

飞 行

满天星子是牙齿夜行的足步
声撕裂肺的歌者浪费舞姿与表情
雄鸡啼鸣也是雾雨的阴天
肉身的心跳埋下太阳的火种

卑鄙并非高尚者的通行证
高尚不是卑鄙者的墓志铭
我的耳朵灌满小苹果
空气扬起的音符与灰尘打滚

当男人爱上女人
是一团肉对另一团肉的情欲
血写的文字　才叫作真诗
我不过借用尼采的嘴皮

沉默如泥　埋葬生死
房屋变坟墓　时间的奇迹

草根走动大地潮湿的神经

触电的露水在黑暗飞行

暖　蝶

一棵树是蝴蝶的河流
向着天空飞舞

石头喊出干渴的眼泪
阳光踩熄凄凉的月色

盲人看见黑暗。镜子的拐杖
一张脸摸索破碎的星汉

鸟咀嚼鸣叫　雪飘下羽毛
时间掏出春天的温暖

花与兽

落日　美人的红痣
抹在霞彩的脸上
天空的欲望　嘴唇的芳香

青草弯腰　向野花致意
星光微笑　向黑夜道歉
野兽的婚床　雪莲含露绽放

你爱的人　爱你的人
牙齿哭成了眼泪
心脏笑成了糖浆

燕　子

从闪电的裂缝回到天空
雨哭得心碎　云笑得绚烂
落叶如船　风是干涸的海岸

月光喝醋　情诗有点酸
错过婚配的疯汉
爱的黑夜　孤独堆成山

泥土太厚　逝者甚众
送葬的队伍走过早晨
我仿佛一个偷偷活着的人

闲　笔

鲁迅一天天看不起人　我天天看得起人类
阳光的趾爪金黄　与黑猫撕咬

真的假不了　假的真不了
抄袭犯浪费时光与无聊

从未结婚的人　看厌了婚姻
病得太久的人　不再癫狂

一天换几张脸　一生用一颗心
对亲人说出跳动的爱

水喝出醉意　冰敲出火焰
把踱步的散文写成奔跑的诗

一个人边走边唱　露珠的花蝶
勿忘风景的忧伤

草莽自诩英雄

放个屁也喧嚷

嘲笑我高贵的清贫吧

我向落日乞讨金黄

玫瑰的生命燃烧鲜血

皇冠起舞　庄稼生长

七星银勺舀起天空

暖　黎明的红痣

冷　北风的呼啸

心　灵

风穿过身体　血在骨头上奔跑
云是露水的脸
野兽头枕岩石　彩霞掏出乱草

癫狂的日子　与幻听对话
老树累了　只能结小粒樱桃
四月的手指　摘下酸甜的玛瑙

夜的虫鸣　搬运皮肤的寂静
绿的星光　触摸往事的枝条
灯盏明火　天空的脉搏　神灵的心跳

吻像天上的白云

竹笛吹一朵朵微笑
音符开满了蝴蝶

桃花吼一曲歌嗓
春树采蜜糖的阳光

河流一直向前
为了喝到海水

木偶原地踏步
为了寻找自我

吻像天上的白云
从你的眼飞过我的唇

星光是闪烁的乌鸦
黑夜穿透月亮的骨架

诗歌与爱情摔跤　灵魂挣扎

先人把后代留下　种族有家

渴　望

一条河去远方饮水
饮盐味的海　像吃一个咸鸭蛋

几朵云抬着天空飞
鸟借翅膀　雨丢拖鞋

星星的黑旗袍　青蛙的雷肚皮
吞没炎夏的蝴蝶与虫鸣

屋顶被晚风扯下的几根茅草
渴望黎明的芳香　雄鸡的报晓

马　灯

白马穿过针眼　牵出绿草原
喂饱牛羊的云朵
挂着露珠的项链

彩虹的皮鞭抽打蓝天
风雨悲喜　昼夜变换
海飞翔　皱纹抹去低吟的时间

少女的身体　滋生情欲的虫子
诗人　灵魂的清洁工
打扫生命的尘埃　撕裂爱情的闪电

冷冷的冰雪　暖暖的心肝
枯枝的火苗　烤烫黎明
沙粒的蛙唱　吹熄灯盏

羊

白羊　走动的昼

黑羊　内敛的夜

羊睁眼

身体被点亮

树上苹果与星光交谈

秋天磨快屠刀

善良的草根　挤奶的乳房

奔逃的头颅　露水的血浆

沉思九行

太阳能战胜黑暗　不能消灭时间
石头淌血　像瓷碎裂的尖叫
灵魂那颗星　闪烁而不安

黄昏一个咳嗽　把米饭喷到天上
美利坚管不了欧盟　珠峰管不了大海
联合国管不了世上的核弹

夸大我一秒的疯狂　藐视你数万年的康健
嘲讽愚笨的木头　讥笑鹅毛的诗篇
短信号码与暗示　与我何干

生　活

在一个叫盐津的小地方
每天都在淌汗吃盐
诗歌里自然盐巴多

口水吆喝　渡口码头呢
那泊几叶小舟的旧时光
闪身百年前传教士的老照片

远离罪恶的写作耗尽青春
笔尖走一条纸上的河
像纤绳拉着灵感

小诗与核弹

核弹不如一首诗
小诗不会杀人
它安抚人心　修复内伤

小诗不如核弹
咩叫的羔羊会被撕碎
核弹才能威慑豺狼

短句：光的幻觉

把光捆起来
给黑暗自由

野兽都死了
神还没有诞生

时间都老了
我还没有做爱

奇妙的光影
孤独的婚床

绿色的牙
咬住夜空的火焰

疼痛的血
一场痴情的幻觉

把爱情装在心里

让所有的你远走

把灵感写在纸上

结出相思的果实

神的叹息

权势的粉丝多　诗歌的粉丝少
一步一个脚印　走出一座山峰

与其说我娶了诗歌
倒不如说生了一群汉字的儿女

刀锋舔血　语言染红
游鱼接吻　吐出泡泡

美貌短暂　又看不见
我怎爱你的远

幻想与你做爱
纯净的爱　因为专一

你自以为身心完美
这本身就是残缺

受伤的人　想过十倍的报复
既然原谅了自己　为何不原谅他人

情欲来了　变成奇幻的想象力
抬起花轿的天堂　糟蹋新娘的炼狱

打架的舌头　辩论是非黑白
唾沫的残云　摸不到星子的天穹

上帝厌倦了爱情　人会孤独
生命拒绝了永恒　神会叹息

唢呐吹嫁

嫁给灯盏　情话吹熄黑暗
嫁给风　呼吸捕捉彩霞

嫁给星星　鸟鸣惊起露水
嫁给仇恨　刀锋点燃火把

嫁给花　跑不掉香气
嫁给水　草绿了骏马

红烛嫁给粉蝶
我不爱我　花爱上花

情欲嫁给嫩芽
花想花轿　我不想她

几粒飞沙　敲打苍凉
一匹海浪　渴死天涯

游子　走吧

唢呐吹远了你的家

世间的爱恨生死

不过昼夜几滴血汗的喧哗

煮海为盐

绽放的玫瑰打开时间
虫鸣的露珠涌向云天
星光的炒豆　浸润香气
梦呓的象牙敲碎盲人的黑暗

举杯邀明月　对影成三人
加上唐朝　就是四人
月光躺下　日出醒来
幸福的冰雪　融化啼鸣的鸡冠

苹果爬上甜脆的树枝
花朵凋谢枯骨的泥土
善的灵　阳光下没有影子
恶的魂　磨亮血腥与锈剑

秋风起　钱币像落叶打旋

我依然贫穷　不向秃枝乞讨天空

诗写不完　我不写自有人写它

让虚名的轻舟泡软心血的汗水，煮海为盐

黄金醉

乞丐赤裸　喝铜臭的污水
痛饮黄金的人　穷疯了肉体与灵魂

蝴蝶在空中跑来跑去
像片片枯干的云

半块面包　蕴含多少粒麦穗
烤熟了泥土　火焰的嘴唇

追求完美　彰显浅薄和愚蠢
衰老的我　从枯叶的纹路聆听水波的跫音

星球悬在天空　女孩都是仙女
王子的童话丢了爱情

宗教指明了归宿的天堂
你只相信地狱　佛怎能救你

伤心的慈悲灌醉黄金
蝼蚁代代淌汗　溅起滚滚红尘

马蜂窝

夜半风雨　一只马蜂敲打窗玻璃
像一个人低声啜泣

半年前　我家屋顶那个马蜂窝
居住数以千计的小生灵

被馋嘴的乡邻用麻袋取走
马蜂经历了一场窒息的灭绝

眨眼的闪电　打落泪珠的雷鸣
马蜂孤单的哭泣　为谁　让我夜里惊心

黑色情话

这星球离了谁都会旋转　枯井般旋转
甚至离了人类　也在史前自转和公转

你最终成了青蛙　因为是蝌蚪的种子
天空刚挂上星月　我注定爱你的黑夜

爱与血

影子是身体脱不下的衣服
像冰消于水　融化在黑夜

眼睛是头颅的灯盏
照见自然　心灵和爱情

彩云的婚床　睡满蝴蝶
孤芳的凋零　惊飞枯叶

玫瑰强奸少女
春天流淌　手指哭泣

薄唇月光像吵嘴的婴孩
在诗歌乳头吮吸星辰

神的脚踝　海吹送落日
鱼群的沙粒　为谁泣血

怀想

天空蓝得像狼的号叫
啃吃草根的马蹄痛饮黄沙

蛐蛐的歌喉像露珠
跌落汉字陷阱的古书

白鸽被黑云捍成雨水
愤怒的玫瑰凋谢爱情

寒星惊吓暖昼
眼眶的葡萄红了

镜子照见光芒
内心的自由咆哮

大汗从血泊苏醒
生锈的刀挂上牛角

夜转过身去　天亮了

河流与历史模糊了方向

乌蒙王疑冢

美人之上的美人是仙葩
英雄之下的英雄是坟冢

落日　叩问时间外的时间
谁禁得风雨的侵蚀　岁月的打磨

生存空间浓缩成一捧黄土
埋下所有富贵荣华　霸业刀戈

你闭眼的梦是我睁眼的梦
蝴蝶化作了溅汨的花朵

我醒来的梦是你睡着的梦
你有何梦呓要对石头说

我在饮血的梦里与你相遇
河枯荣　草青黄　星闪烁

咏 叹

飞鸟挂眼角　天空走何方
彩云披霞衣　脱下白昼与夜光
草淡了浓了　山青了黄了

今生　不过无数轮回的一劫
半忧　半惧　半喜
病了　疯了　老了

诗痕

走破几双鞋　踩低两座山
水不夸海　谁敢自诩为峰巅

脚印　草根与露水的细语
天空　日月与心跳的疤痕

云　女人的心
抓不住的雨点是爱情

风　呼吸的唇
时间吹破婚姻的灯

诗歌的血　温暖如玉的骨骼
手中的笔　冶炼美德的黄金

星光闪烁　磨亮追求与人格
黑白交错　更替春秋与生死

2013.8.31

夜空的种子闪烁　光明萌芽
点亮针尖上盲目的小丑

天空是翅膀的深渊
枪口溢血　吹鸣的子弹发愁

太阳是白昼的黑暗
黄金头枕伤口　梦见彩云的温柔

露水的火焰燃烧　花香腐烂
石头炸裂灵感的浓酒

唱歌的玫瑰生出强奸犯
跳舞的果子挂上秋树

爱情不是婚姻　婚姻是捆绑的爱情
谁为之松绑　解忧

哲学并非智慧　哲学是爱智慧
爱智慧是一种智慧和气度

寺庙一动不动　像高僧的舍利
捂热经卷的灰烬　淌汗的夜昼

海水低头　为泥土流泪
抱紧草根和鱼的寂寞　天空与风的自由

爱的常识

有人繁衍　养育儿孙
寻求生命的不朽

有人创作　诉诸文字
叩问灵魂的永在

有人孤独而疯狂
对抗人生的荒谬

情感的火苗不熄
心灵的鲜花充血

清晨峡谷奇异的黑暗　意味什么
是人的冤屈　天的愤怒　雨的叹息

我喜欢脸皮的笑　血肉的笑
更喜欢头骨的笑

有如雷鸣　触动闪电
头骨一笑　身体全笑了

心 情

有母亲的日子
天蓝心晴　皓月圆满

生活苍白　诗歌乏味
灵感纠缠情欲的幻听

暴徒也吹奏动听的音乐
水听美人的话　浇灭花朵的嘴唇

厌世的我　对人类没有恶意
哪怕慈母埋进坟墓　大地隆肿

诋毁和伤害　血泪与药酒
也会被我一饮而尽